John von Düffel / RINDERWAHNSINN

John von Düffel

# RINDERWAHNSINN

Schauspiel

MERLIN
THEATER

**Personen:**

Hänselundgretel
Karlmarx
Faustersterteil
Muttermeinhof
Der Vetter aus Dingsda

**Ort:**
Bühne

**Zeit:**
Mitteleuropäisch

## 1. Auftritt

KARLMARX *und seine Tochter* HÄNSELUNDGRETEL.
*Sie füttert ihn mit Brei.*

HÄNSELUNDGRETEL
Ich liebe meinen Vater
Für meinen Vater würde ich alles tun
Ein wunderbarer Mann, Mensch
Aber ein ganz schlechter Futterverwerter
Er will und will nicht zunehmen
Dabei würd ihm ein Bäuchlein doch so
Ausnehmend gut stehen
Ich liebe Bäuche
Ein Mann mit Bauch wäre für mich die Erfüllung
Ein Mann mit Bauch hat sowas
Sowas Väterliches
Aber mein Vater will und will nicht zunehmen
Einen Magen wie ein Hungerstreik
Als wären Mund und Darmausgang direkt
Miteinander verwachsen
Als gäbe es zwischen Essen und Durchfall nur
Einen zeitlichen Unterschied
Schade, sicher
Ich liebe meinen Vater
Aber wieviel mehr würde ich ihn lieben
Wenn er nur etwas dicker wäre
Iß, Papa, iß
Einen für den Doktorphil
Einen für den Doktorjur
Einen für den Doktorhut
Einen für die Auszeichnung
Mein Bruder prämenstruiert nämlich gerade

Karlmarx
Es heißt promoviert, Hänselundgretel
Promoviert

Hänselundgretel
Schön runterschlucken, Papa
Also, er macht gerade seinen Doktor
Blitzgescheit nämlich, mein Bruder
Ein Streber vor dem Herrn
Ich habe ja nicht Philosophie
Juristerei und leider auch Theodizee
Durchaus studiert

Karlmarx
Theologie

Hänselundgretel
Verschluck dich nicht
Ich hab überhaupt nicht studiert
Im Gegensatz zu meinem Bruder
Faustersterteil
Ich hab immer gedacht
Warum liest der soviel
Ständig war der am lesen
Und immer was anderes
Warum liest der soviel
Hab ich immer gedacht, seit ich denken kann
Ich hab nur ganz wenig gelesen
Weil ich gleich gefunden hab
Was ich suchte
Hänsel und Gretel
Meine Lieblingsgeschichte
Besonders die Stelle
Wo die Hexe den Hänsel füttert
Und er wird immer fetter und fetter
In dem Käfig, in dem er eingesperrt worden ist

Damit die Gretel ihn der Hexe nicht wegschnappt, oder so
Also, da sitzt doch dieser Hänsel
Und frißt sich einen Schwimmring nach dem andern an
Kriegt dicke Finger und wird so richtig schön
Rund um die Hüften
Während die Hexe nichts merkt, die Blindschleiche
Und ihn immer weiter mästet
Das ist doch
Irre ist das
An dieser Stelle hab ich immer onaniert

HÄNSELUNDGRETEL *hat* KARLMARX *im Eifer des Gefechts Unmengen von Brei in den Mund gestopft.*

KARLMARX
Hänselundgretel

HÄNSELUNDGRETEL
Jedenfalls
Damals war grad die Zeit der sexuellen Befreiung
Und meine Eltern haben meine Vorlieben gleich entdeckt
Von daher heiß ich Hänselundgretel

HÄNSELUNDGRETEL *pfeift »Hänselundgretel«, während* KARLMARX *sich erbricht.*
*Wie aus der Ferne ein Aufmarsch von Springerstiefeln.*
*Eine Armee von Hartgummi-Absätzen marschiert heran.*

## 2. Auftritt

FAUSTERSTERTEIL, *der Klischee-Skinhead mit Doktorhut, stürzt herein und wirft sich* KARLMARX *vor die Füße.*

FAUSTERSTERTEIL
Papa, Papa
Warum hast du mir nicht die Wahrheit gesagt
Warum hast du die Lüge über meinem
Jungen Leben ausgesät
Oder wußtest du es nicht besser, Karlmarx
Wenn ich dich richtig verstanden habe
Gibt es Gut und Böse, Klug und Blöde
Wahrheit und Lüge, richtig und falsch
Ja
Da wäre ich mir aber nicht so sicher
O könnte ich doch deine Brille zerbrechen
Und die gesprungenen Gläser in den Boden treten
Du glaubst tatsächlich noch, daß die Welt
Aus Nordpol und Südpol besteht
Und dazwischen ist nichts, nur eine Linie
Wie damals beim Fußball zwischen der eigenen Hälfte und
Der des Gegners, du glaubst tatsächlich noch
Daß es zweierlei Menschen gibt
Die einen, die Guten, tragen den weißen Cowboyhut
Die anderen, die Bösen, den schwarzen
Wie du es mir damals zeigtest in der Nacht
Als Mama schon schlief und wir Western guckten
Papa, Papa
Das Buntfernsehen ist erfunden
O könnt ich doch deine Brille zerbrechen
Die Stücke in Stücke treten
Und die Stücke der Stücke zu nichts zerstampfen

Hänselundgretel
Aber Papa trägt doch gar keine Brille

Faustersterteil
Das war eine Metapher, du Schnepfe
Papa, Papa
Schick meine blödsinnige Schwester weg
Ich halte das nicht aus

Hänselundgretel
Er hat Schnepfe zu mir gesagt, Papa
Schnepfe

Faustersterteil
Das war eine Metapher, Papa
Schick sie weg
Sie ist wirklich zu blödsinnig
Und hat ein Kuchengesicht
Daß einem der Appetit vergeht

Hänselundgretel
Ach, jetzt liegt es an mir
Daß der Papa nichts ißt
Na warte, das ist gemein
Das ist ja so gemein von dir

Hänselundgretel *schlägt* Faustersterteil.

Faustersterteil
Papa, Papa
Hänselundgretel schreckt vor Gewalt nicht zurück
Um ihre Euthanasiewürdigkeit zu kaschieren
Schützt sie Aggressionen vor

Hänselundgretel
Ich verstehe kein Wort

Aber, Papa, du hast selber gesagt
Prügeln ist ein Ausdruck von Hilflosigkeit
Also, hilf mir

FAUSTERSTERTEIL
Papa, Papa
Es geht doch nicht an
Daß ich gegen unwertes Leben
Passiven Widerstand leisten muß
Nur weil es zufällig weiblich ist

HÄNSELUNDGRETEL
Ich bin genau wie Mama
Emanzipiert und haue, wen ich will

FAUSTERSTERTEIL
Es ist immer die Elite, die leidet
Wenn man den Untermenschen toleriert

HÄNSELUNDGRETEL
Elite, er hat Elite gesagt
Elite ist tabu, Elite ist elitär

FAUSTERSTERTEIL
Hör auf zu lärmen, Abschaum
Man versteht ja sein eigenes Deutsch nicht mehr

KARLMARX *(schreit)*
Darf ich auch mal was sagen

*Sofortige Ruhe*
*Die Geschwister starren* KARLMARX *an.*

KARLMARX
Habe ich geschrien
Ich habe doch nicht etwa geschrien

Hänselundgretel/Faustersterteil *(brav, unisono)*
Nein, Papa

Karlmarx
Nur eine Frage, Faustersterteil

Faustersterteil
Ja, Papa

Karlmarx
Du warst beim Frisör

Hänselundgretel
Tatsächlich
Er ist so kahl
Man sieht seinen Haarausfall gar nicht mehr

Faustersterteil
Das ist jetzt nicht das Thema

Hänselundgretel
Andererseits könnte man denken
Die Geheimratsecken sind ihm
Über den Kopf gewachsen

Karlmarx
Ich glaube, Faustersterteil hat uns etwas
Wichtiges mitzuteilen

Faustersterteil
Es sieht doch nicht zu intellektuell aus, oder

Hänselundgretel
Ach was

*Ein vernichtender Blick.*

Karlmarx
Bist du nun promoviert worden, mein Sohn
Oder hast du nicht
Das war es, was ich dich fragen wollte

Hänselundgretel
Hast du nicht was

Faustersterteil
Bist du wohl ruhig, wenn Karlmarx das Wort an mich richtet

Karlmarx
Bestanden

Faustersterteil
Ja, ich habe bestanden

Hänselundgretel
Er hat bestanden, Papa, hast du gehört
Das ist ein Grund zum Feiern
Komm, iß

Faustersterteil
Also, entweder sie oder ich

Karlmarx
Hänselundgretel

Hänselundgretel
Ja, Papa

Karlmarx
Du weißt, ich war immer ein Verfechter
Der antiautoritären Erziehung
Aber, bitte, treib es nicht zu weit

Hänselundgretel
Nein, Papa

Karlmarx
Also, wo waren wir stehengeblieben

Faustersterteil
Darf ich ehrlich sein, Papa

Karlmarx
Ich bitte darum

Faustersterteil
Es hat etwas mit deiner Brille zu tun –
Es ist – es ist nichts – nichts ist –

Karlmarx
Sprich dich aus

Faustersterteil
Nichts ist so, wie du es dir denkst

Karlmarx
Wie denk ich denn

Faustersterteil
Wie auch immer, es ist nichts so
Wie du es dir denkst

Karlmarx
Das habe ich auch schon manchmal gedacht

Faustersterteil
Erinnerst du dich noch an den Elektronikbaukasten
Den du mir zu Weihnachten geschenkt hast
Wunder der Technik, so knabenblau

Karlmarx
War er nicht defekt

Faustersterteil
Du hast ihn kaputt gemacht, Papa
Und warum, weil nichts ist
Wie du es dir denkst

Karlmarx
Ist das nicht ein bißchen kurzgeschlossen

Faustersterteil
Nein, nein
Wenn ich auf meine Kindheit zurückblicke, hast du
Fast alle meine Weihnachtsgeschenke kaputt gemacht
Als du mir erklären wolltest, wie sie funktionieren
Die Modelleisenbahn, den ferngesteuerten Porsche
Die Stereoanlage

Karlmarx
Die Stereoanlage ging noch

Faustersterteil
Ja, aber nicht stereo

Hänselundgretel
Das stimmt, Papa
Und von dem Kaufmannsladen die Registrierkasse
Mit der du uns den Kapitalismus zeigen wolltest
Die hat auch geklemmt

Karlmarx
Hänselundgretel

Hänselundgretel
Ja, Papa

Karlmarx
Schau doch bitte mal in der Küche
Ob du nicht was Herzhaftes findest

Hänselundgretel
Ich könnte dir eben ein Spanferkel heiß machen

Karlmarx
Ach, bitte, sei so lieb

Faustersterteil
Und vergiß nicht die Tür hinter dir zuzumachen

Hänselundgretel
Bääh

Faustersterteil
Diese Niveaulosigkeit

Hänselundgretel *geht ab.*

### 3. Auftritt

Karlmarx *und* Faustersterteil.

Karlmarx
Das soll jetzt keine Entschuldigung sein, aber
Ich habe Weihnachten immer abgelehnt

Faustersterteil
Das ist nicht der Punkt
Der Punkt ist –

Karlmarx
Außerdem hätte ich für eine Wiedergutmachung
Im Moment nicht das Geld

Faustersterteil
Papa, bitte, denk mal nichts im voraus
Laß einmal alles, was du dir zurechtgedacht hast, beiseite
Denk nichts, gar nichts
Und überleg dir auch nicht, was du gleich sagen wirst
Du mußt doch zugeben, Papa
Daß nach dem Aussterben aller
Kreditwürdigen Systemalternativen

Karlmarx *(rülpst)*
Entschuldige
Aber das erinnert mich an etwas

Faustersterteil
An etwas im Osten

Karlmarx
Nein, an etwas, das ich nicht auf der Bank habe

Faustersterteil
Nichts denken, bitte
Und du mußt zugeben
Daß nach dem Aussterben aller
Kreditwürdigen Systemalternativen
Ein Immanenzzusammenhang entstanden ist
Der sämtliche moralische Kategorien relativiert
Sag einmal
Hast du wirklich nie eine Brille getragen, Paps

Karlmarx
Ich höre dir zu

Faustersterteil
Der Punkt ist die geschichtlich bewahrheitete
Ausweglosigkeit der Immanenz
Das Schwinden des Außerhalbs
Es gibt keinen Ausweg mehr jenseits des Systems
Es ist überall

Karlmarx
Welches System meinst du denn

Faustersterteil
Das ist ja der Punkt
Es gibt nur das eine

Karlmarx
Ich höre dir zu

Faustersterteil
Zur Immanenz tendiert alles
Die Immanenz relativiert alles
Wenn man die Immanenz zu Ende denkt
Sind das Gute und das Böse eins

Karlmarx
Dank meiner Altersweitsichtigkeit
Um auf deine Frage zurückzukommen
Ist meine akademisch bedingte Kurzsichtigkeit teilweise aufgehoben worden
So daß ich im Mittelbereich durchaus
Präzise zu sehen vermag
Ich meine das nicht metaphorisch

Faustersterteil
Papa, es handelt sich um etwas ganz Persönliches
Dir verdanke ich
Das schrecklichste Erlebnis meiner Kindheit
Es war am Rande einer Studentendemo
Wenn ich mich recht erinnere
Denn es befanden sich unter den Demonstrierenden
Zahlreiche in Hängetücher gewickelte Säuglinge
Ich war wie immer damit beschäftigt
Mich an deiner großen Hand festzuhalten
Als wir zu zwei Polizisten kamen
Die einen verwilderten Menschen in einen
Grünweißen Wagen zerren wollten
Du stelltest dich vor sie
Hobst deine riesige Hand
Die mir nun endgültig entglitt
Und sagtest, die Handfläche offen zum Feind gewandt
Ihr tut mir weh –
Ich kann dir gar nicht sagen
Wie peinlich mir das war

Karlmarx
Am ausgestreckten Arm könnte ich
Die gesamte Weltliteratur noch einmal lesen

Faustersterteil
So hast du ein Leben lang für mich dagestanden

Mit deinen enormen Handflächen
Das Leid dieser Welt aufsaugend
Um mit einem weltschmerzschwangeren
Tremolo in der Stimme
Mir den Mut zu nehmen, böse zu sein
Und jetzt, wo ich deine Brille zerbrechen will
Ist sie fort

KARLMARX
Mein Sohn

FAUSTERSTERTEIL
Nein, jetzt bin ich dran
Jetzt möchte ich meine Rede halten
Wenn ich sonst schon nichts Schlimmes tun kann
Ich habe dich immer beneidet
Um diese irre Energie
Die aus deiner Überzeugung sprudelt
Aus dem nie versiegenden Quell deines Irrtums
Woher nimmst du die Kraft
Dich so zu täuschen
Woher die geistige Gewalt
Das Chaos des Lebens so zu vereinfachen
Ich nehme meinen ganzen Mut zusammen
Um ein einziges Mal böse zu sein
Und noch während ich mich in den Groll verbohre
Merke ich schon, wie es nur
Für einen winzigen Augenblick reichen wird
Was an Wut mich stark macht
Vielleicht reicht es, um ein Katzenvieh zu Tode zu quälen
Aber eine Katze hat sieben Leben
Und was, wenn meine Kraft nicht reicht
Ein siebtes Mal zu morden
Das Böse ist wie das Gute
Nur ein Augenblick in der Endlosigkeit des Lebens
Eine Momentaufnahme, die in der Zeit verrauscht

Eine Pose, die von der Biologie durchbrochen wird
Nichts dauert, alles scheißt und schläft
Verfluchte Inkonsequenz
Aber in diesem Werden und Vergehen stehst einzig du
Mit einer an Stumpfsinn grenzenden Hartnäckigkeit
Die eine Idee festhaltend, die dich bewegt
Der jeder Sinn und Gehalt längst ausgetrieben ist
Und sie bewegt dich doch
Ein perpetuum mobile der Idiotie
Alles bewegt dich, nur du bewegst dich nicht
Das Weltgeschehen in zwei Hälften teilend
Das Nur-Schlechte hier, da das Nur-Gute
Die Himmelsrichtungen deiner Moral
Die verehrt oder verdammt
Verherrlicht oder verteufelt
Die nur Märtyrer und Mörder kennt
Ich frage dich, Papa
Wo sind die Gutschlechten, die Schlechtguten
Wo die Mittelbösen und die Teilzeit-Helden in deinem
Weltbild
Das du wie einen tragbaren Fernseher vor dir herträgst

KARLMARX
Nun mach aber mal 'nen Punkt, Faustersterteil
Es ist doch nun wirklich nicht so
Daß ich dein Aufbegehren nicht verstehen würde
Im Gegenteil
Gerade jetzt erinnerst du mich wie noch nie
An die rebellische Phase meiner Jugend
An meinen eignen heißen Wunsch nach Vatermord
Damals
Die Söhne gegen die Väter
Ich sage dir
Eine schöne Zeit alles in allem
Der Sturm und Drang
Mitunter nächtelang gegen sich selbst gerichtet

Wir haben geglüht, gebrannt
Die heißen Herzen der Revolte
Ich verstehe dich, Junge
Du warst mir noch nie so nah wie heute
Ich umarme dich
Ich meine es ernst

FAUSTERSTERTEIL
Vatermord

KARLMARX
Wenngleich ich damals mit meinen Kommilitonen
Freilich nicht den revolutionären Pfad
Bis zur äußersten Konsequenz ausgeschritten habe
In lynchjuristischer Hinsicht, du verstehst
Aber was den guten Vorsatz angeht
Und nur darauf kommt es an
Kann ich nur sagen, Junge
Willkommen im Club

FAUSTERSTERTEIL
Vatermord, Vatermord
Ist das die Idee oder doch wieder nur alte
Abgetragene Ideologie aus dem Fundus
Vatermord

KARLMARX
Im übrigen
Aber des Rätsels Lösung mußt du natürlich
Für dich selbst finden
Im übrigen haben wir damals
Als die intellektuelle Tugend der Selbstreflexion
Noch hoch im Kurs stand
Sehr schnell erkannt
Daß jeder Vatermordgedanke nur
Ein projizierter Wunsch nach Selbstzerstörung ist

Ein fehlgeleiteter Selbsthaß
Welcher dem Deutschen als primärer Charakterzug eignet
Selbsthaß, Selbsthaß über alles
Der Deutsche mag sich nicht, wie auch
Der gute Deutsche ist nur als toter Deutscher
Mit sich selbst zufrieden
Deswegen auch dieser irrsinnige
Zerstörungswahn des Deutschen
Der sich mit mühsamer Verblendung gerade noch
Über das Fremde hermacht
Um auf diesem Umweg zur eigentlich ersehnten
Selbstzerstörung zu gelangen
Was wiederholt in Weltkriegen glückte, diese Deutschen
Eine Nation von Suizidfanatikern
Die sich den Tod im Ausland holen
Wäre indessen die Welt deutsch, gäbe es nur noch
Implodierende Deutsche
Vaterlandsliebe als Mißverständnis
Wie ich in einer meiner Seminararbeiten schrieb

FAUSTERSTERTEIL
Sag, Papa
Bist du irgendwie nachtragend in bezug auf die deutsche
Geschichte

KARLMARX
Nachtragend nicht, ich vergesse nur nichts

FAUSTERSTERTEIL
Das klingt ziemlich verheiratet

KARLMARX
Wie

FAUSTERSTERTEIL
Du liebst sie nicht

Aber was wärst du ohne sie
Das klingt nach permanentem Ehestreit

KARLMARX
Und du bist sicher, du meinst die
Die ich meine, die deutsche …

FAUSTERSTERTEIL
Ohne sie wärst du ein Nichts, ein Niemand
Du wärst völlig verloren auf dieser Welt
Ich meine, du willst nichts so sehr wie die Scheidung
Du machst ihr nichts als Vorwürfe
Kritisierst, mäkelst und schimpfst
Hackst ständig auf ihren zwölf Nazijahren rum
Sie ist dein absoluter Antityp
Aber in Wirklichkeit brauchst du sie
Wie die Luft zum Atmen

KARLMARX
Ich muß zugeben, unter diesem standesamtlichen Aspekt
Habe ich die deutsche Geschichte noch nie betrachtet

FAUSTERSTERTEIL
Aber du lebst auf ihre Kosten
Wenn es sie nicht geben würde
Hättest du sie dir erfinden müssen
Du bist ein Parasit deiner Feindbilder
Du bist kein Nazi, sondern, was schlimmer ist
Ein Nazi-Parasit

KARLMARX
Eine Stimme ward mir gegeben
Zu warnen und zu mahnen, allerdings

FAUSTERSTERTEIL
Schmarotzer

KARLMARX
Damit sich das Ungeheuerliche nicht wiederholt

FAUSTERSTERTEIL
Du wiederholst dich

KARLMARX
Ich meine es immer wieder ernst

FAUSTERSTERTEIL
Denk dir für deine letzten Worte etwas Neues aus
Alter Mann

KARLMARX
Ich würde immer wieder dasselbe sagen

FAUSTERSTERTEIL
Du dichtest an deiner Grabinschrift

KARLMARX
Ich habe keine Angst vor dem Tod

FAUSTERSTERTEIL
Nein, du lebst in der Vergangenheit

KARLMARX
Scharfe Polemik
So gefällst du mir
Ganz der Vater
Wenn ich ein bißchen jünger wär
Würd ich jetzt auf die Barrikaden gehen

FAUSTERSTERTEIL
Warum läßt du dir das gefallen
Du läßt dich von mir bedrohen
Du verhinderst nicht, daß ich eine Gefahr bin

Ich bin die akute Bedrohung deiner Brille
Und du läßt es dir bieten
Tust nichts dagegen
Und denkst nicht an Flucht oder Gegenwehr
Solange dir die Empörung bleibt
Solange du deine zerbrochene Brille auflesen
Und die Stücke der Zerstörung der Welt zeigen kannst
Wie üblich auf deinen Präsentierhandtellern ausgebreitet
Die dich in den Augen der Öffentlichkeit wie üblich
Als Märtyrer ausweisen
Dein Handeln ist Leiden
Dein Sieg ist die Wunde
Dein Triumph die Entrüstung
Arschloch

Karlmarx
Denkfehler
Entschûldige, wenn ich dich unterbreche
Aber du machst einen Denkfehler
Was wiederum damit zusammenhängt
Daß die intellektuelle Tugend der Selbstreflexion
Heute eben nicht mehr so hoch im Kurs steht wie damals
Zu meiner Zeit, als ich dein Problem löste
Hast du dich jemals selbst überprüft
Warum dieser wahnsinnige Anti-Brillen-Affekt
Warum dieses kuriose Sehhilfen-Ressentiment
Ich will deiner Selbstbefragung nicht vorgreifen
Aber ich erkenne darin ganz deutlich
Eine Sehnsucht nach Heldentum
Einen Wunsch nach eben dem
Was du am allermeisten ablehnst
Nach der großen Geste
Dem Brillenglasbruch in diesem Fall
Tut mir leid
Aber wenn ich das mal so unpersönlich analysieren darf
Sine ira et studio

Das, was du an mir am meisten haßt
Das bist, du wirst es schon erraten haben,
Du selbst

FAUSTERSTERTEIL
Vielleicht würd ich dich nicht so hassen
Hättest du damals wirklich Vatermord gemacht
Du bist ein Vatermörderfeigling
Ich will kein Vatermörderfeigling sein
Und wenn ich dafür ein Held werden muß
Lieber ein Mörderheld als ein Feigling
Oder du gehst jetzt los und bringst Opa um

KARLMARX
Opa ist tot

FAUSTERSTERTEIL
Warum hast du es nicht getan
Es hätte deine Rettung sein können

KARLMARX
Opa ist an sich selbst gestorben

FAUSTERSTERTEIL
Alles Ausreden

KARLMARX
Ja, laß mich ausreden

FAUSTERSTERTEIL
Nein, du hättest es tun müssen
Jetzt ist es zu spät

*Jetzt könnte er es tun.*

Karlmarx
Ich bin stolz auf dich

Faustersterteil
Halts Maul

Karlmarx
Wenn du mich umbringen willst, droh mir nicht

Faustersterteil
Ich habe gesagt, Maulhalten

Karlmarx
Maulhurerei
Ein Vatermord ohne Getöne würde mir persönlich
Mehr imponieren
Aber das ist natürlich nur meine unmaßgebliche Meinung
Ich bin trotzdem stolz auf dich

Faustersterteil
Ich bringe dich um

Karlmarx
Mein Sohn

Faustersterteil
Sei nicht stolz auf mich

Karlmarx
Dieser Ernst, diese Bestimmtheit
Einfach toll

Faustersterteil
Du sollst nicht stolz auf mich sein

KARLMARX
Ich kann mir nicht helfen

FAUSTERSTERTEIL
Schau nicht so schafsgesichtig selig drein
Nicht so opferlammfromm und eins mit dir selbst

KARLMARX
Das hast du doch nicht zu bestimmen
Los, bring mich um, jetzt
Ich bin glücklich

FAUSTERSTERTEIL *schafft es nicht.*

FAUSTERSTERTEIL
Scheiße

KARLMARX
Was ist denn

FAUSTERSTERTEIL
Es geht nicht

KARLMARX
Sag bloß

FAUSTERSTERTEIL
Es liegt an dir
Du bist zu masochistisch

KARLMARX
Ich
Ich finde, du machst es dir ein bißchen zu einfach
Du wirfst die Flinte ins Korn
Aber ich bin zu masochistisch
Und wenn schon

Faustersterteil
Einem Masochisten kann man nichts Böses tun
Wer einem Masochisten etwas Böses tut, tut ihm
Einen Gefallen, ich will dir keinen Gefallen tun

Karlmarx
Komm, komm
Keine geistigen Verrenkungen
Tu es, Faustersterteil
Mach schon

Faustersterteil
Ich bin ein Vergaser

Karlmarx
Unsinn
Du darfst nur nicht gleich aufgeben
Du mußt wachsen an den Schwierigkeiten, wachsen

Faustersterteil
Ich bin ein Vergaser

Karlmarx
Versager

Faustersterteil
Was

Karlmarx
Es heißt Versager

Faustersterteil
Da nimmt man die Uni im Sturm
Und dann das

KARLMARX
Was denn

FAUSTERSTERTEIL
Ich kann nicht mehr
Die Luft ist raus

KARLMARX
Du redest zuviel, das ist es
Ich hab's ja gleich gesagt

FAUSTERSTERTEIL
Es hätte spontan kommen müssen, aus dem Impuls
Jetzt ist der Affekt weg
So langsam wird's akademisch

KARLMARX
Das ist wirklich enttäuschend
Aber, mein Junge, mach dir nichts draus
Es liegt in der Familie, väterlicherseits
Du schaffst es locker bis zur Geste
Aber niemals bis zur Tat

FAUSTERSTERTEIL
Und wenn wir so tun würden
Als ob die letzten fünf Minuten nicht gewesen wären
Das Ganze noch einmal von vorn
Frisch ans Werk

KARLMARX
Wem willst du was vormachen

FAUSTERSTERTEIL
Du hast recht

Karlmarx
Leider
Es wäre mir gar nicht so wichtig gewesen

Faustersterteil
Immerhin mußt du zugeben
Daß es ziemlich schwer ist, böse zu sein
Das Böse ist nicht einfach
O nein

Karlmarx
O doch

Faustersterteil
Pardon, du meinst sicher, o nein

Karlmarx
Nein

Faustersterteil
Also doch

Karlmarx
Das Böse ist einfach

Faustersterteil
Aber du hast doch gerade selbst gesehen, wie schwer

Karlmarx
Das Gute ist viel schwerer
Es ist viel schwieriger, gut zu sein

Faustersterteil
Dann bin ich jenseits von Gut und Böse

Karlmarx
Keineswegs

Faustersterteil
Papa, provozier mich nicht
Wenn ich nicht böse sein kann
Und mir um so mehr zum Guten die Kraft fehlt
Dann bin ich logischerweise in einem Zustand der
Unfähigkeit jenseits aller moralischen Kategorien
In einem Unfähigkeitszustand jenseits von Gut und Böse
Das mußt sogar du einsehen

Karlmarx
Falsch

Faustersterteil
Falsch
Wieso falsch
Wenn ich nicht gut und nicht böse sein kann
Was bin ich dann

Karlmarx
Du tust gerade so
Als ob das Böse nur eine Mutfrage sei

Faustersterteil
Eine Frage der Kraft, ja, allerdings

Karlmarx
Falsch

Faustersterteil
Gut
Vielmehr nicht gut
Dann bin ich also böse deiner Meinung nach

Karlmarx
Jenseits von Gut und Böse
Ist der Faschismus

Faustersterteil
Und der ist was
Böse, superböse, megaböse

Karlmarx
Es gibt kein moralisches Jenseits
Genausowenig wie ein Jenseits der Schuld
Die Absolution ist eine Erfindung der Theologen

Faustersterteil
Karlmarx
Also einmal abgesehen davon
Daß du in keiner Weise logisch argumentierst
Wir uns demnach zumindest in einem
Jenseits der Logik befinden, einem Ort, den es
Auf der geistigen Landkarte eigentlich gar nicht gibt
Aber davon einmal abgesehen
Mußt du doch zugeben
Wenn man einmal meinen Fall betrachtet
Nur diesen einen zufällig mich persönlich betreffenden Fall
Daß in diesem Fall Gut und Böse wenigstens unendlich
Schwer voneinander zu unterscheiden sind
Und laß mich freundlicherweise
Noch die Befürchtung hinzufügen
Daß ich in dieser Hinsicht kein Einzelfall bin
Gut und Böse waren noch nie so schwer voneinander zu unterscheiden

Karlmarx
Unzulässige Verallgemeinerung

Faustersterteil
Na schön, aber in meinem Fall gibst du mir Recht

Karlmarx
Mitnichten

Faustersterteil
Gut und Böse waren noch nie so schwer voneinander zu unterscheiden wie heute

Karlmarx
Gut und Böse waren noch nie so leicht voneinander zu unterscheiden wie heute

Faustersterteil
Gut und Böse waren noch nie so schwer voneinander zu unterscheiden wie heute

Karlmarx
Gut und Böse waren noch nie so leicht voneinander zu unterscheiden wie heute

Faustersterteil
Du verstehst mich nicht

Karlmarx
Du verstehst mich nicht

Faustersterteil
Akustisch schon
Gut und Böse waren noch nie so schwer voneinander zu unterscheiden wie heute

Karlmarx
Gut und Böse waren noch nie so leicht voneinander zu unterscheiden wie heute
Akustik, so siehst du aus

Faustersterteil
Gut und Böse …

Karlmarx
… waren noch nie …

Faustersterteil
… so schwer …

Karlmarx
… leicht …

Faustersterteil
Schwer

Karlmarx
Leicht

Faustersterteil
Schwer

Karlmarx
Leicht

Beide
Zu unterscheiden wie heute, du mußt auch immer das letzte Wort haben

## 4. Auftritt

MUTTERMEINHOF *im RAF-T-Shirt. Die Vorigen.*

BEIDE
Muttermeinhof, halt's Maul

MUTTERMEINHOF
Was ist denn hier los
Man hört euer Geschrei bis auf die Straße

BEIDE
Wir hatten eine kleine Meinungsverschiedenheit

FAUSTERSTERTEIL
Einen Generationskonflikt

KARLMARX
Er wollte mich umbringen

FAUSTERSTERTEIL
Das sagt sich so leicht

MUTTERMEINHOF
Wie dem auch sei
Ich war bei der Bank

BEIDE
Und???

MUTTERMEINHOF
Was soll man von den Bonzenschweinen anderes erwarten

KARLMARX
Nun sag schon

Faustersterteil
Jetzt dräng sie doch nicht so

Muttermeinhof
Ich habe mich nach langfristigen Anlageformen erkundigt
Eine einigermaßen interessante Verzinsung gibt's erst
Ab sechs Jahren aufwärts
Dabei sollte man das Zinspaket mit einer
Lebensversicherung verschnüren, um das Anfallen von
Quellen- sowie Zinsabschlagsteuer zu umgehen
Das ist das Sicherste
Für Risikofreudige gibt es diverse Investmentfonds
Aktiensortimente mit Glücksritterrenditen et cetera
Aber da könnte ich gleich Lotto spielen
Wie man mir vertraulich zuflüsterte

Karlmarx
Meinhof, sag mal
Bist du jetzt vollkommen durchgedreht

Faustersterteil
Von Glücksrittern im Spareinlagenbereich habe ich auch schon gehört

Muttermeinhof
Woher er denn wüßte, was in sechs oder zwölf Jahren ist
Hab ich den Anlageberater gefragt, und er meinte
Ohne einen gesunden Optimismus ginge gar nichts
Wer weiß, ob wir nicht im nächsten Moment
Alle hochgehen
Erschossen, ertränkt oder verstrahlt werden
Abgesehen davon, daß es dann auch egal ist
Was mit unserem Geld passiert
Irre, bis in die untersten Gehaltsstufen haben die Banken
Die Botschaft des Terrors begriffen, viele Jahre nach unserer letzten Aktion

Karlmarx
Ja, aber, Meinhof, um Himmels willen
Was für Geld sollen wir denn anlegen

Muttermeinhof
Es handelte sich um eine rein theoretische Frage
Praktisch ist unser Überziehungskredit ausgeschöpft
Das Girokonto gesperrt, hätte ich an der Kasse nicht
Die Spendenkassette des Müttergenesungswerks
Mitgehen lassen
Würde es uns jetzt am nötigsten fehlen
Hier
Ein paar RAF-Blanko-Bekennerschreiben
Aber geht sparsam damit um
Mehr gibt es nicht

Faustersterteil
Scheiße
Das ist ja immer noch das alte Logo
Das liest doch heute keiner mehr

Muttermeinhof
Faustersterteil
Du hast wirklich ein pottsaumäßiges Geschichtsbewußtsein
Zur Strafe für diese faschistoide Äußerung
Schreibst du mir 100mal
Der Kampf geht weiter
Aber sofort

Faustersterteil
Unter dem alten Logo

Muttermeinhof
Natürlich unter dem alten Logo
Und jetzt zu dir, Karlmarx
Was hast du heute gegen den Imperialismus getan

Karlmarx
Nicht in dem Ton, Mutti
Nicht in dem Ton

Muttermeinhof
Faustersterteil, wird's bald

Karlmarx
Ich habe deinem Sohn heute
Die Vatermördertheorie zu vermitteln versucht

Muttermeinhof
Wie man sieht, ohne Erfolg
Das ist wieder mal typisch für euch
Euch fehlt der Bezug zur Praxis

Faustersterteil *(schreibend)*
Der Kampf geht weiter, der Kampf geht weiter, der Kampf

Karlmarx
Ulrike, ich habe nachgedacht

Muttermeinhof
Und
Ist irgendetwas dabei herausgekommen
Das man zur Abwechslung mal auf ein Flugblatt drucken könnte

Karlmarx
Du weißt doch, ich hasse Vereinfachungen
Genauer gesagt, Grobifizierungen

Muttermeinhof
Du hast ein Problem mit der Eindeutigkeit
Die Praxis aber ist immer eindeutig

FAUSTERSTERTEIL
Geht weiter der Kampf, geht weiter der Kampf, geht

KARLMARX
Wie dem auch sei
Ich bin zu der Erkenntnis gekommen, daß –

MUTTERMEINHOF
Erzähl's mir später, ich erwarte Besuch

KARLMARX
Besuch

MUTTERMEINHOF
»Entfernte Verwandte«

KARLMARX
»Entfernte« Verwandte oder entfernte »Verwandte«

MUTTERMEINHOF
»Entfernte Verwandte«

KARLMARX
Wie wär's, wenn du dich zur Abwechslung mal mit deinen
Nächsten Angehörigen befassen würdest

MUTTERMEINHOF
Oh bitte
Kommt die alte Leier wieder
Die Revolution frißt ihre Kinder
Undsoweiterundsofort

KARLMARX
Nein, nicht d i e Leier
Aber wenn wir uns nicht etwas mehr

Um unsere Kinder kümmern
Fressen die Kinder unsere Revolution

FAUSTERSTERTEIL
Weiter der Kampf geht, weiter der Kampf geht, weiter

MUTTERMEINHOF
Was riecht denn hier so angebrannt

## 5. Auftritt

*Herein* HÄNSELUNDGRETEL *mit Spanferkel. Die Vorigen.*

HÄNSELUNDGRETEL
Tag Muttermeinhof
Faustersterteil war beim Frisör und hat seine
Penetration bestanden
Hast du schon gehört

MUTTERMEINHOF
Hänselundgretel
Wo hast du das stinkende Schwein her

HÄNSELUNDGRETEL
Das Schwein ist ein Spanferkel

MUTTERMEINHOF
Wer vertraut dir nur immer das Fleisch an

HÄNSELUNDGRETEL
Der Nachbar hat es mir gegeben
Dafür daß ich ihn die Welt hab sehen lassen

MUTTERMEINHOF
Die Welt

HÄNSELUNDGRETEL
Na, die Unterwelt

MUTTERMEINHOF
Unter was

HÄNSELUNDGRETEL
Unterm Rock

Faustersterteil
Heureka, ich hab's gefunden
Die Lösung, ich hab die Lösung

Muttermeinhof
Schon fertig mit Abschreiben
Dann fang an mit Verinnerlichen –
Hänselundgretel, das nächste Mal
Läßt du dir erst das Schwein geben
Und dann trittst du ihm in die Eier

Karlmarx
Bei aller Liebe zum Terrorismus
Aber die Art, wie du Familienangelegenheiten regelst
Ist pädagogisch unter aller Sau

Hänselundgretel
Jetzt ist erstmal der Papa dran mit Essen

Karlmarx
Hänselundgretel, sag deiner Mutter, daß es
Unterschiede gibt zwischen einer vierköpfigen Familie
Und einer terroristischen Vereinigung

Hänselundgretel
Was für Unterschiede

Karlmarx
Feine Unterschiede

Hänselundgretel
Mutti, Papa hat gesagt –

Muttermeinhof
Was denn noch

Hänselundgretel
Das hat Zeit bis nach dem Essen

Muttermeinhof
Daß ihr mir keine Fettflecken
Auf mein Aktionspapier macht, verstanden
Faustersterteil, zeig doch mal her

Fausthersterteil
Die Wahrheit ist die Geilheit

Muttermeinhof
Die Wahrheit ist die Geilheit, was soll das heißen
Jetzt schmiert der mir meine letzten Bekennerschreiben
Mit seinem Hirnschiß voll, die Wahrheit ist die Geilheit
Da lacht sich der Verfassungsschutz 'nen Ast
Lernt man sowas heute auf der Uni

Hänselundgretel
Also der Papa fängt jetzt mit'm Essen schon mal an

Karlmarx
Unter Protest

Hänselundgretel
Mund auf

Muttermeinhof
Sauerei

Karlmarx
Also, Ulrike, das ist wiedermal mmhhmmsprutzrülps

Hänselundgretel
Schön kauen, Papa

Muttermeinhof
Was hast du dir eigentlich dabei gedacht

Faustersterteil
Es ist die Wahrheit

Muttermeinhof
Was ist die Wahrheit

Faustersterteil
Die Geilheit

Muttermeinhof
Die Geilheit hört irgendwann auf, die Wahrheit nicht

Faustersterteil
Wenn die Geilheit aufhört, fängt die Melancholie an
Die nichts anderes ist als entleerte Geilheit, es bleibt dabei
Du brauchst dir doch nur Hänselundgretel anzuschauen

Hänselundgretel
Ich bin gar nicht da
Iß, Papa, iß

Muttermeinhof
Ekelhaft
Und nachher stinkt er wieder nach Schwein aus dem Hals
Höchste Zeit für getrennte Schlafzimmer

Faustersterteil
Schau sie an, nicht ihn
Hänselundgretel hat ihre Erfüllung gefunden

Muttermeinhof
Ihre Erfüllung
Indem sie ihren Vater zu Tode füttert

Faustersterteil
Indem sie
He, das ist überhaupt die Idee
Soweit hatte ich noch gar nicht gedacht
Den Vater zu Tode füttern
Wenn die Geilheit darauf hinaus läuft …

Hänselundgretel
Quatsch
Es ist nur
Weil Papa seinen Bauch immer am meisten so
Mit Heimlichkeit umgeben hat
Nichts hat er so geheimgehalten wie seinen Bauch
Oder sein Bäuchlein
Schwer zu sagen unter den weiten Pullovern
Den über die Hose hängenden Hemden
Und was für Umstandskleidern mehr
Die Papa angetan hatte
Seinen Bauch zu verbergen
Oder sein Bäuchlein
Das war die Frage
Man wußte nie, ob er gerade größer oder kleiner wurde
Zunahm oder abnahm, dieser in Wolle gehüllte Mond
Ob er schon über den Bund seiner Jeanshosen schaute
Oder ein Gürtel ihn festschnallte
Oder Bandagen womöglich
Oder ein Korsett
Der Bauch und was mit ihm wurde
War ein Rätsel, ein Rätselbauch
Und er blieb es im Badeschaum
Wo alles an der Oberfläche trieb
Nur Papas Bauch nicht
Der in der Tiefe tauchte wie ein Wal
Ein weißer Wal von ungeahntem Ausmaß
Über den, hinter vorgehaltener Hand
Die unglaublichsten Gerüchte erzählt wurden

Der Bauch war eine Phantasie
Ein Bild, ein Heiligtum
Das sein Besitzer in einem Schrein verschließt
Unsichtbar und verborgen vor den Augen der Welt
Niemand darf es sehen, niemand von ihm sprechen
Papas Bauch war tabu
Vielleicht gab es ihn gar nicht
Aber auf geheime Weise
War alles mit ihm beschäftigt
Ohne Unterlaß
Magisch

*Alle starren* HÄNSELUNDGRETEL *an.*
*Sie füttert* KARLMARX *weiter, als sei nichts gewesen.*

FAUSTERSTERTEIL
Ich denke, du bist gar nicht da

MUTTERMEINHOF
Karlmarx, sieht ganz so aus
Als hättest du bei der Kindserziehung einen Fehler gemacht
Jetzt sag du doch mal was

KARLMARX
Mmhhmmmümmelspeiserestspritz

FAUSTERSTERTEIL
Wie dem auch sei
Den Vatermord-durch-Überfütterung-Gedanken
Einmal beiseite
Die Wahrheit ist immer noch die Geilheit

MUTTERMEINHOF
Weißt du was, Fausterstertei1
Man kann dir ganz schlecht zuhören

FAUSTERSTERTEIL
Was denn, wieso denn

MUTTERMEINHOF
Diese Diskussion um Geilheit und Gesellschaft
Hab ich schon 1000mal geführt
Aber noch nie auf so niedrigem Niveau wie mit dir

FAUSTERSTERTEIL
Dir ist doch sonst nichts zu simpel

MUTTERMEINHOF
Jetzt hör mir mal zu
Du konterrevolutionärer Hosenscheißer
Wenn du glaubst, du kannst hier deinen
Imperialistischen Expansionsdrang
Deine neo-patriarchale Penetrationswut
Zur Weltformel verklären
Dann hast du dich aber geschnitten, Freundchen
Das kannst du bei deinen Kumpels machen
Aber nicht solange du die Füße unter meinen Tisch stellst

FAUSTERSTERTEIL
Das war klar, daß du dich so aufregst
Ihr wollt die Wahrheit der Geilheit nicht wahr haben
Weil sie all eure Gedankengebäude zum Einstürzen bringt
All eure Gehirnkonserven durcheinanderschüttelt
Geilheit ist ein Ideologien-Killer, deshalb
Ich weiß, was ihr jetzt sagen wollt
Wer, wenn nicht ihr, hat sich um die
Sexuelle Revolution verdient gemacht
Aber ich meine nicht eure sexuelle Revolution
Nicht eure ›freie Liebe‹
Nicht diese Blumenkinderkörperscheiße, nicht
Dieses Flowerpower-Märchen vom gepflegten Gruppensex
Ich meine die Geilheit

Die gefährliche, die grausame Geilheit
Die Menschenfressergeilheit unter der Gürtellinie
Da, wo der Überbau aufhört
Das Schambein bestimmt das Bewußtsein

MUTTERMEINHOF
Spätpubertär

FAUSTERSTERTEIL
Schutzbehauptung

MUTTERMEINHOF
Potenzprotzphantasien

FAUSTERSTERTEIL
Widerstände, alles Erkenntniswiderstände

MUTTERMEINHOF
Du hast ja noch nicht mal 'ne Freundin gehabt

FAUSTERSTERTEIL
Psychoblockaden

KARLMARX
Also, Kinders, jetzt hört doch mal mit der Streiterei auf
Das ist ja wirklich nicht zum Ausmmhhmmmampfmampf

HÄNSELUNDGRETEL
Wer Papa das Essen vermiest
Kriegt nie wieder Schwein von mir

FAUSTERSTERTEIL
Wenn ihr nicht so verklemmt wärt, wenn
Ihr mit eurem Das-Gute-im-Menschen-Wunschdenken
Nicht so an euren eigenen Genitalien vorbeischauen würdet
Warum tun wir Dinge

Warum machen wir uns die Mühe der Sprache
Geilheit ist die Maschine unseres Denkens und Handelns
Ob man nun terrorgeil ist
Oder schreibtischgeil
Oder geil auf dicke Väter
Es ist immer das Geile, was uns antreibt

HÄNSELUNDGRETEL
Bitte, Faustersterteil, sag nicht dick
Immer, wenn jemand dick sagt, bekomme ich feuchte Handflächen

MUTTERMEINHOF
Also das reicht jetzt
Jetzt setzt es Prügel
Karlmarx, hol den Rohrstock

KARLMARX
Soll ich nicht lieber erst ein Machtwort sprechmmhhmm

HÄNSELUNDGRETEL
Erst wird aufgegessen, Papa

MUTTERMEINHOF
Typisch Theoretiker
Will sich die Hände nicht schmutzig machen
Totalen Dünnschiß vor der Praxis
Alles muß man selber machen

*Sie schlägt* FAUSTERSTERTEIL *mit dem Rohrstock.*

KARLMARX
Ich war immer der Überzeugung
Die ideale Erziehung sei jene
Welche dem Kind zu seinem wahren Selbst verhilft
Inzwischen glaube ich nicht mehr
Daß einem das irgendjemand dankt

Faustersterteil
Aua

Muttermeinhof
Mach bloß kein Geschrei jetzt
Du angepaßter, kleiner Dickbürger
Du stubenmuffeliger, stinkiger Bourgeois
Glaubst du, mir macht das Spaß

Faustersterteil
Aua, aua

Muttermeinhof
Wie ich das hasse
Immer diese Wehleidigkeit
Du solltest dich was schämen, Schande der Familie
Dank kapitalistischer Profitgier nagt
Ein Drittel der Weltbevölkerung am Hungertuch
Und du saturierter Scheißhaufen schreist ›aua‹
›Aua‹
Während zahllose Genossen
Die Foltern der Isolationshaft schweigend erdulden
Brüllst du los, du verzogenes, undankbares
Verwöhntes, verweichlichtes Etwas
Also wirklich, Kinder sind kleine Tyrannen
Wer hat das nochmal gesagt

Karlmarx
Freud, mmhmm

Muttermeinhof
Hat er doch einmal recht gehabt, der Spießer

Faustersterteil
Ich bin kein Kind mehr

Muttermeinhof
Wer hat dich denn gefragt, Heulsuse
Ich hab dich gefragt, wer dich denn gefragt hat

Faustersterteil
Niemand

Muttermeinhof
Was ist die Wahrheit

Faustersterteil
Die Geilheit

Muttermeinhof
Die Wahrheit ist nicht die Geilheit
Wiederhole, die Wahrheit ist nicht die Geilheit

Faustersterteil
Die Wahrheit ist nicht die Geilheit, aber
Wahrheit und Geilheit waren noch nie so schwer
Voneinander zu unterscheiden wie heute

Muttermeinhof
Wahrheit und Geilheit waren noch nie so leicht
Voneinander zu unterscheiden wie heute
Noch nie so leicht, hast du gehört, wiederhole

Faustersterteil
Wahrheit und Geilheit waren noch nie so leicht
Voneinander zu unterscheiden wie heute

Karlmarx
So also führt man Diskussionen deiner Meinung nach

Muttermeinhof
Lauter

Karlmarx
So also führt man deiner Meinung nach Diskuss …

Fausténsterteil *(schreit auf)*
Wahrheit und Geilheit waren noch nie so leicht
Voneinander zu unterscheiden wie heute

Muttermeinhof
Da haben wir's
So leicht verrätst du deine Überzeugung, Waschlappen
Dafür noch zehn Schläge extra, und dann ab
Auf dein Zimmer

Hänselundgretel
Nicht hinschauen, Papa
Einen für den Rudi
Einen für Cohn-Bendit
Einen für den Castro
Einen für den Mann von der Hamburg-Mannheimer …

Muttermeinhof
So
Und jetzt raus hier
Ich will dich heute nicht mehr sehen
Na, wird's bald

Faustersterteil *geht ab, seinen Hosenboden reibend.*

## 6. Auftritt

*Die Vorigen ohne* FAUSTERSTERTEIL
*Dazu der* VETTER AUS DINGSDA.

MUTTERMEINHOF
Bist du noch nicht weg

DER VETTER
Entschuldigen Sie
Pardon, daß ich hier so hereinplatze
Aber dürfte ich vielleicht mal Ihre Toilette benutzen
Natürlich nur, wenn es Ihnen nichts ausmacht

MUTTERMEINHOF
Ja, aber das ist doch
Sind Sie nicht

DER VETTER
Was, bitte

MUTTERMEINHOF
Das ist aber eine Überraschung
Darf ich vorstellen
Sie sind doch
Sind Sie nicht der Vetter, äh
Na-sag-schon

KARLMARX
Wenn du mich fragst
Frag mich nicht

DER VETTER
Nur keine Umstände

Muttermeinhof
Aber natürlich ist es der Vetter
Der Vetter aus Wie-hieß-es-noch-gleich

Karlmarx
Es liegt jedenfalls irgendwo mütterlicherseits

Muttermeinhof
Dingsda

Karlmarx
Dingsda, hab ich's nicht gesagt

Hänselundgretel
Der Vetter aus Dingsda

Der Vetter
Adorf

Hänselundgretel
Adolf, ist das wahr

Muttermeinhof
Adolf sagt man nicht, Kind

Karlmarx
Da gebe ich dir ausnahmsweise recht

Muttermeinhof
Nun, wie steht es in Dingsda
Noch alles beim alten

Der Vetter
Ich kann es noch gar nicht glauben, Pardon
Da treibt mich der Harndrang an fremde Türen
Und urplötzlich find ich mich wieder im Kreis der Familie

Unter den zahllosen Zugängen zur Kanalisation
Mußte ich diesen ansteuern, ausgerechnet

MUTTERMEINHOF
Unverhofft kommt oft, Herr Vetter
Nun setzen Sie sich doch, erzählen Sie
Schießen Sie los

KARLMARX
Jetzt laß ihn doch erstmal sein Wasser abschlagen
Der Herr Vetter ist schließlich auch nur ein Mensch
Das macht einen ja ganz hibbelig

DER VETTER
O danke, ich muß gar nicht mehr
Vor Wiedersehnsfreude hat sich mir, scheint's
Die Blase geweitet, reden wir von was anderm
Wie heißt denn die junge Dame

KARLMARX
Die junge Dame, wie, achso, ja
Das ist Hänselundgretel

DER VETTER
Angenehm

HÄNSELUNDGRETEL
Darf's etwas Schwein sein, Herr Vetter

KARLMARX
Wir sind zufällig gerade beim Essen

HÄNSELUNDGRETEL
Gerade fertig mit Essen
Und es wär ja so schade, wenn's verkommt

Karlmarx
Unser Hänselundgretel ist sehr gastfreundschaftlich

Hänselundgretel
Du tust immer so, als ob ich ein Ding sei
Ich bin ein Weibsstück wie jedes andere

Der Vetter
Ja, aber das sieht man doch
Daß da das Frauliche im Werden ist
Sie sind aus dem Kind schon völlig rausgewachsen

Hänselundgretel
Das haben Sie aber schön gesagt, Herr Vetter
Sagen Sie, wie sind Sie eigentlich zu dem interessanten
Namen gekommen

Der Vetter
Den verdank ich, wenn's Ihnen nichts ausmacht
Meiner Figur
Meine Freunde nennen mich vollschlank

Hänselundgretel
Nein, wie reizend
So ein Bäuchlein versuche ich
Meinem Vater auch die ganze Zeit anzuschaffen

Karlmarx
Hänselundgretel, du hast eine Wortwahl, daß es
Die Sau graust

Muttermeinhof
Jetzt hab dich nicht so
Laß die beiden doch das Eis brechen
Das ist eh' nur das Vorspiel

*Tödlicher Blick von* Karlmarx

Ich meine – der Vetter will doch nur höflich sein

Der Vetter
Ich wollt gerad sagen

Karlmarx
Man kann sich des Eindrucks nicht erwehren
Daß Sie eine gewisse
Dialektale Färbung um sich herum ausbreiten.
Ich meine jetzt nicht im Sprechen, ich meine im Denken

Der Vetter
Pardon

Hänselundgretel
O das macht gar nichts, nicht wahr

Karlmarx
Besser gesagt, ist es weniger
Der gedankliche Dialekteinschlag
Als vielmehr die auffällige Verpuffung aller Gedanken in Landluft

Der Vetter
Verzeihung, aber ich verstehe nicht ganz

Karlmarx
Ich erkläre es Ihnen
Wissen Sie, was wirklich dick macht
Wissen Sie, was schuld ist an der Verfettung ganzer Völker
Das viel zu langsame Denken
Die Unsportlichkeit des Gehirns

Der Vetter
Und was hat das mit Landluft zu tun

Karlmarx
Sehen Sie, das meine ich
Sie denken viel zu gemütlich
Sie tragen den Kopf zu bequem

Hänselundgretel
Papa, ich bitte dich
Reden wir nicht von Gewichtsproblemen
Meine Handflächen sind schon klatschnaß

Karlmarx
Ich rede nicht von Gewichtsproblemen
Ich rede von der deutschen Misere

Der Vetter
Pardon, nehmen Sie es mir bitte nicht übel
Aber ich verstehe Sie noch immer nicht ganz
Nichts für ungut
Man wird ja wohl noch mal fragen dürfen, wie
Sollte ich meinen Kopf denn sonst tragen, wenn nicht so

Karlmarx
Unterm Arm

Der Vetter
Aha
Danke, ja
Jetzt hab ich's
Ein Scherz, wie dumm von mir

Muttermeinhof
So, genug der schönen Worte
Wenn wir jetzt zum eigentlichen Grund
Ihres Besuchs kommen könnten

Hänselundgretel
Ja, unbedingt
Ihr Spanferkel, bitteschön
Essen Sie, solang es noch heiß ist
Oder soll ich Ihnen ein wenig zur Hand gehen

Karlmarx
Ja, bedienen Sie sich nur
Ich verzichte neidlos zu Ihren Gunsten
Es widert mich an

Karlmarx *wütend ab.*

**7. Auftritt**

*Die Vorigen. Ohne* KARLMARX.

DER VETTER
Das verstehe ich nicht, hab ich was Falsches gesagt

HÄNSELUNDGRETEL
Iwo, der ist nur eifersüchtig

DER VETTER
Eifersüchtig

HÄNSELUNDGRETEL
Futterneid, lassen Sie sich davon nicht
Den Appetit verderben

DER VETTER
Ich verstehe nicht ganz

MUTTERMEINHOF
Vielleicht solltest du
Deinem Vater nachgehen, Hänselundgretel
Sonst müssen wir uns noch Sorgen machen

HÄNSELUNDGRETEL
Quatsch, der ist alt genug

MUTTERMEINHOF
Worauf ich hinaus will, Liebes, ist
Vielleicht möchten der Herr Vetter und ich gerne
Allein sein

HÄNSELUNDGRETEL
Niemals

Muttermeinhof
Uns unter vier Augen sprechen, wollte ich sagen

Hänselundgretel
Nur über meine Leiche

Muttermeinhof
Sieh mal, mein Spatz
Vielleicht haben wir etwas zu bereden wie, sagen wir
Messer, Gabel, Schere, Licht
Sind für kleine Kinder nicht
Wenn Sie wissen, was ich meine

Der Vetter
Offengesagt, nein

Hänselundgretel
Ich geh hier sowieso nicht weg

Muttermeinhof
Aber, Kleines
Dann müssen wir deinetwegen die ganze Zeit
Durch die Blume reden
Und das kann sehr, sehr mühsam werden, wie man sieht

Hänselundgretel
Nichts zu machen, tut mir leid

Muttermeinhof
Aber du verstehst doch sowieso nichts

Der Vetter
Meinen Sie mich

Muttermeinhof
Nein, Herrgott

DER VETTER
Ach so, klar

HÄNSELUNDGRETEL
Ich passe nur auf, daß er anständig ißt

HÄNSELUNDGRETEL *füttert den* VETTER, *dem sie sich auf den Schoß gesetzt hat.*

MUTTERMEINHOF
Na schön
Kommen wir zur Sache, Herr Vetter
Wie steht es in Dingsda, was gibt es Neues

DER VETTER
Neues kann man nicht sagen
Wir sind praktisch ein Vierteljahrhundert zurück

MUTTERMEINHOF
Ein Vierteljahrhundert
Also Anfang der Siebziger
Schöne Zeit, die besten Jahre

DER VETTER
Ja, damals schien die Welt noch in Ordnung

MUTTERMEINHOF
Mir nicht

HÄNSELUNDGRETEL
Mund auf, Augen zu

MUTTERMEINHOF
Wie dem auch sei
Was macht denn die »Familie«

Der Vetter
Die Familie

Muttermeinhof
Die »Familie«

Der Vetter
Ach, äh, die »Familie«
Tja
Der Ewald hat sich erschossen, Tatsache
Hat mit dem neuen Westauto von seinem Vater
Einen Unfall gebaut, Totalschaden
Ist gleich danach ins Schlafzimmer seiner Eltern
Das Jagdgewehr vom Bettenschrank holen
Mitten in der Nacht
Und die Mutter fragt noch, halbwach
Ewald, bist du das
Er: Schlaf weiter, Mama
Und dann im Vorgarten vierteldrei in der Früh Kopfschuß
Schlaf weiter, Mama, hat er gesagt
Und sie zu ihm: Bist du das Ewald

Muttermeinhof
»Ewald«

Der Vetter
Ewald
Was seine Schwester ist, die hatte geheiratet
So einen reichen Immobilienmakler mit Haus auf Tunesien
Und sie haben immer Geld über die Grenze
Nach Österreich gebracht
Auf ein Nummernkonto, oder wars in der Schweiz, na egal
Jedenfalls, er starb an Leukämie und sie wußte als einzige
Noch die Nummer, nur sie und sonst keiner
Damit die Steuer nicht dahinterkommt
Dann plötzlich

Virusinfektion, Lungenentzündung, Krankenhaus
Im Krankenhaus holt sie sich noch eine
Bakterielle Lungenentzündung zusätzlich weg, Koma
Sechs Monate Tiefschlaf auf der Intensivstation
Aufgedunsen wie ein Fleischkloß
Die hätte der eigene Bruder nicht wiedererkannt
Ewald, wenn er noch gelebt hätte
Inzwischen wird den Eltern praktisch alles weggepfändet
Denn so ein Koma kostet ja, tagaus, tagein
Hatten auch wirklich Pech mit den Kindern, die Armen
Doch wie durch ein Wunder kehrt sie von den Toten zurück
Lernt langsam wieder gehen, lesen, sprechen
Nur die Nummer fällt ihr nicht mehr ein
Gerade jetzt, wo sie das Geld so nötig gebraucht hätten
Aber nichts, keine Erinnerung

MUTTERMEINHOF
Und was ist denn nun endlich die »Nummer«

DER VETTER
Wenn ich das wüßte

MUTTERMEINHOF
Der Code, verdammt nochmal

DER VETTER
Aber das habe ich Ihnen doch gesagt

HÄNSELUNDGRETEL
Jetzt laß ihn endlich mal in Ruhe essen
Er spuckt ja die Hälfte vom Schwein durchs Zimmer

MUTTERMEINHOF
Hänselundgretel, gleich platzt mir aber die Galle
Wir sind hier in einer konspirativen Unterredung

Hänselundgretel
Mit vollem Mund spricht man nicht

Der Vetter
Das Schlimmste ist neulich meinem Schwager passiert
Der hat sich von der Gemeinde ein paar
LPG-Wiesen gepachtet
Hat volles Risiko auf Tierhaltung gesetzt, Rinderzucht
Wunderschöne Weiden am Fluß, sogar mit Angelei
Eines Tages fangen die Biester an durchzudrehen
Rennen im Kreis, springen ins Wasser, gehen
Die Wände hoch
Mein Schwager meint gleich, Rinderwahnsinn
Schießt ein Tier nach dem anderen tot, bald
Den ganzen Bestand
Beim Abdecker fallen ihm die Hufe auf
Gespickt mit Angelhaken
Sein Sohn war tags zuvor fischen gewesen

Muttermeinhof
Entschuldigen Sie
Aber ich weiß beim besten Willen nicht
Was Sie mir damit sagen wollen
Mit diesen Terrorgeschichten vom Lande

Der Vetter
Sowas gibt's
Gibt's alles

Muttermeinhof
Sie meinen
Der Terrorismus der Tatsachen übertrifft bei weitem
Den Terrorismus der Gedanken

Der Vetter
Wie meinen Sie das jetzt

Muttermeinhof
Ich meine
Was man sich auch für grausame Sachen ausdenkt
Die Wirklichkeit ist immer noch grausamer

Der Vetter
Ja, das möchte man fast sagen
Besonders auf'm Land

Muttermeinhof
Das wirft natürlich die Frage auf
Nach der terroristischen Aktion

Der Vetter
Tja, was will man machen

Muttermeinhof
Wissen Sie, vor vielen vielen Jahren
Als ich anfing, war ich erfüllt von der Gewißheit
Es war sozusagen mein Kinderglaube
Daß die Welt schläft
Daß man die Menschen nur aufwecken muß
Und alles wird besser
Und da man sie nicht alle
Wachküssen kann, verstehen Sie
Muß man sie einmal tüchtig erschrecken
Alles, was in ihrem Leben selbstverständlich geworden ist
Den Beton, verstehen Sie
Einmal in seinen Grundfesten erschüttern
Die ganze Normalität mit einem Erdbeben überziehen
Damit sie aufs Neue zu sich selbst kommen
Daran glaube ich bis auf den heutigen Tag

Der Vetter
Ich glaube, die Leute kann heutzutage
Nichts mehr schocken

Muttermeinhof
Ja, aber dann
Glauben Sie praktisch an gar nichts mehr

Der Vetter
Das glaub ich auch

Muttermeinhof
Also ich muß schon sagen
Früher hat sich die zentrale Kommandoebene
Ihre Mittelsmänner sorgfältiger ausgesucht

Der Vetter
Die zentrale Kommandoebene
Ja, das ist nun auch nicht mehr
Aber da fällt mir ein guter Witz ein
Also, kommt der tote Honecker in den Himmel
Fragt ihn Petrus: Genosse Honecker
Möchten Sie lieber in den sozialistischen oder
In den kapitalistischen Himmel
Honecker: In den sozialistischen Himmel
Sagt Petrus: Gut, aber zum Mittagessen kommense rüber
Wir kochen nämlich nicht für einen
Ist eigentlich gar nicht so lustig, der Witz
Für den hat der Hermann nach Bautzen gemußt

Muttermeinhof
Das ist die deprimierendste konspirative Sitzung
Die ich je gehabt habe
Wie waren wir früher elektrisiert
Was haben wir gebrannt für die anti-imperialistische Sache
Und jetzt
Lassen wir uns von einem grausamen Gott vormachen
Wie aufrüttelnd Terrorismus sein kann
Wenn überhaupt
Das ist deprimierend

Sowas von deprimierend
Aber, Kopf hoch, Ulrike
Der Kampf geht weiter, der Kampf geht weiter
Geht weiter der Kampf, geht weiter der Kampf
Weiter der Kampf geht, weiter der Kampf geht

*Murmelnd ab.*

## 8. Auftritt

*Die Vorigen. Ohne* MUTTERMEINHOF.

DER VETTER
Vielleicht sollten wir ihr nachgehen

HÄNSELUNDGRETEL
Vielleicht sollten wir froh sein, daß sie weg ist

DER VETTER
Wie, ach so
Ich glaube, jetzt muß ich wirklich Ihre Toilette benutzen

HÄNSELUNDGRETEL
Finden Sie nicht, daß eine Hausfrau das
Als Unhöflichkeit empfinden könnte
Nachdem sie sich mit dem Essen soviel Mühe gegeben hat

DER VETTER
Was

HÄNSELUNDGRETEL
Den Gang aufs Örtchen
Ich meine, da könnte ich Sie ja gleich auf der Toilette füttern

DER VETTER
Darüber habe ich noch nie nachgedacht

*Pause.*

HÄNSELUNDGRETEL
Schmeckt es Ihnen nicht mehr

Der Vetter
Ich denke gerade darüber nach

Hänselundgretel
Ja, natürlich

*Pause.*

Hänselundgretel
Außerdem bedeutet das einen überflüssigen
Gewichtsverlust

Der Vetter
Was

Hänselundgretel
Der Gang aufs Örtchen

Der Vetter
Ah

*Pause.*

Hänselundgretel
Meinen Sie, daß wir gerade eine Liebesszene erleben

Der Vetter
Weiß nicht

*Pause.*

Hänselundgretel
Aber es entstehen Schweigeminuten
Wie immer in Liebesszenen

Der Vetter
Schweigeminuten kenne ich nur von Trauerfällen

*Pause.*

Hänselundgretel
Aber dafür knistern sie zu sehr

Der Vetter
Sie meinen wie Schweigeminuten in Liebesszenen

Hänselundgretel
O Sie spüren es auch

Der Vetter
Kann sein

*Kurze Pause.*

Hänselundgretel
Wie sagt man, ein Schweigen zum Helden zeugen

Der Vetter
Sie sind ziemlich romantisch veranlagt

Hänselundgretel
Dies ist die erste richtige Liebesszene meines Lebens

Der Vetter
Bei uns auf dem Land ist es eh still

Hänselundgretel
Bei uns auf dem Land, wie romantisch
Das Schweigen der Wälder und Felder

Der Vetter
Es ist eher die totale Langeweile

Hänselundgretel
Auf dem Land

Der Vetter
Sozusagen

Hänselundgretel
Dann muß das hier für Sie ja
Eine willkommene Abwechslung sein

*Pause.*

Hänselundgretel
Ich habe mich noch nie so gut unterhalten

Der Vetter
Wie

Hänselundgretel
Ich finde, auch ohne Worte kann man …

Der Vetter
Unbedingt

*Pause.*

Hänselundgretel
Ich spüre ganz deutlich eine Bedeutung

Der Vetter
Hm

Hänselundgretel
Was Sie auch immer damit sagen wollen
Die Antwort ist Ja

Der Vetter
Ich habe doch gar nichts gesagt

Hänselundgretel
Mit Ihren Augen
Sie ziehen mich doch mit den Blicken aus

Der Vetter
Nicht nötig
Wenn Sie sich nur etwas freimachen
Es könnt ja jemand kommen

Hänselundgretel
Da komm ich jetzt aber nicht ganz mit
Ich verliebe mich schließlich zum ersten Mal

Der Vetter
Schnell, schnell

Hänselundgretel
Ist das so üblich aufm Land

Der Vetter
Ist ja nicht alles schlecht
Was von da kommt

Hänselundgretel
Und wann heiraten wir

Der Vetter
Später

Hänselundgretel
Das ist mein erster Heiratsantrag

Der Vetter
Keine Angst, ich hab das schon öfter gemacht

Hänselundgretel
Und so plötzlich, aus heiterem Himmel

Der Vetter
Nicht bewegen
Stillhalten hab ich gesagt, oh

Hänselundgretel
Was ist

Der Vetter
Schon gut

Hänselundgretel
Sie haben wirklich einen wunderschönen Bauch
Ich darf ihn doch Bauch nennen
Sowas von weich und flauschig

Der Vetter
Ich bitte Sie

Hänselundgretel
Warme Götterspeise

Der Vetter
Wenn jetzt jemand kommt

Hänselundgretel
Wackelpuddingfleisch

Der Vetter
Lassen Sie das
Gleich kommt wer
Das ist doch immer so, loslassen
Nun machen Sie sich gefälligst wieder schön

Hänselundgretel
Und was ist mit dem Heiraten

Der Vetter
Nicht jetzt

Hänselundgretel
Aber Sie haben doch gesagt

Der Vetter
Nichts hab ich gesagt

Hänselundgretel
Aber deswegen sind Sie doch zu mir gekommen
Ich hab es sofort gewußt, in dem Augenblick
Als Sie zur Tür reinkamen, der ist es
Der ist es, den du heiraten wirst
Der Mann fürs Leben, augenblicklich
Und er ist gekommen, um mit dir
In den heiligen Bund der Ehe zu treten

Der Vetter
Ich bin gekommen, um auf Toilette zu gehen
Und zwar allein

Hänselundgretel
Sie haben es vielleicht selbst nicht gewußt
Doch in Ihrem Blick war die Liebe

DER VETTER
Das war Notdurft

HÄNSELUNDGRETEL
Liebe

DER VETTER
Verdauung

HÄNSELUNDGRETEL
Eheglück

DER VETTER
Ruhe

HÄNSELUNDGRETEL
Ich schreie

DER VETTER
Verfluchte Scheiße

HÄNSELUNDGRETEL
Papa

DER VETTER
Das einzige, was ich wollte
War, daß ich mußte

HÄNSELUNDGRETEL
Papa, er will mich nicht heiraten

DER VETTER
Eine, die so laut schreien kann
Heiratet sowieso keiner

HÄNSELUNDGRETEL
Der Vetter ist ein Heiratsschwindler

DER VETTER
Gleich sag ich gar nichts mehr

HÄNSELUNDGRETEL
Erst tut er, als wollt er mich heiraten
Und jetzt will er nichts mehr davon wissen

DER VETTER
Hätt ich das vorher gewußt
Da wär ich aufm Klo aber besser bedient gewesen
Eh ich meinen Schwanz in so einen Schreihals steck

HÄNSELUNDGRETEL
Papa

## 9. Auftritt

KARLMARX *mit Jagdgewehr. Die Vorigen.*

KARLMARX
Jetzt reicht's
Jetzt ist Schluß, ein für alle Mal
Meine Tochter schreit wie am Spieß
Die Meinhof ist manisch depressiv
Schwänzt ihre paramilitärische Gymnastikstunde
Sitzt nur da, völlig stumpfsinnig
Und klebt RAF-Sterne für den Tannenbaum
Wenn Sie gekommen sind, um meine Familie zu zerstören
Was machen Sie dann noch hier, es ist vollbracht

DER VETTER
Ich bin doch nur hier, um –

HÄNSELUNDGRETEL
Er wollte mich heiraten, Papa

KARLMARX
Schämen Sie sich nicht

HÄNSELUNDGRETEL
Und jetzt auf einmal will er mich nicht mehr heiraten

KARLMARX
Das haben Sie sich zu spät überlegt, junger Mann
Hände hoch

DER VETTER
Ich wollte doch wirklich nur zur Toilette und dann –

Hänselundgretel
Ein Heiratsschwindler, Papa
Glaub ihm nichts

Karlmarx
Ich bin so wütend wie noch nie
Fürchten Sie sich, fürchten Sie um Ihr Leben
Das Leben Ihrer Angehörigen ist in Gefahr
Ich werde Ihre Familie zerstören, wie Sie
Meine Familie zerstört haben
Gleiches mit Gleichem, bis ins dritte und vierte Glied

Der Vetter
Pardon, aber sind wir nicht verwandt

Hänselundgretel
Glaub ihm nicht, Papa
Glaub ihm ja nichts mehr

Der Vetter
Aber das haben Sie doch behauptet
Sie haben doch damit angefangen
Herr Vetter hier, Herr Vetter da
Das einzige, was ich wollte, war meine Notdurft –

Karlmarx
Wenn Sie mir noch einmal mit dieser
Idiotischen Ausrede kommen
Dann drücke ich ab
Dann können Sie Ihre beschissene Notdurft
Zusammen mit Ihrem Gehirn von der Wand kratzen –
Was soll das heißen, wollen Sie damit sagen, daß Sie
Nach alldem, am Ende gar nicht unser Vetter sind
Daß Sie unsere Gutgläubigkeit schamlos ausgenutzt haben
Um sich hier einzuschleichen und –

Der Vetter
Ich wollte doch nur –
Ich war so gutgläubig wie Sie
Als Sie mir sagten, daß ich Ihr Vetter bin
Da habe ich Ihnen geglaubt, Ehrenwort

Hänselundgretel
Ein Vetternschwindel, Papa
Ein Betrüger auf der ganzen Linie

Karlmarx
Du sagst es, Hänselundgretel
Na warte, Bürschchen, die Hände hübsch oben behalten
Und jetzt langsam vorwärts Richtung Wand

Der Vetter
Das ganze war ein Mißverständnis
Bitte glauben Sie mir
Ich habe mich wirklich für Ihren Vetter gehalten
Auf dem Land, von wo ich herkomme, sind alle irgendwie
Miteinander verwandt
Bei einer so großen Familie kann man schon mal
Den Überblick verlieren, ständige Vermehrung
Und man will ja auch nicht unhöflich sein

Karlmarx
Das gibt Ihnen noch lange nicht das Recht, meine Tochter
zu schänden

Hänselundgretel
Richtig, Papa, gib's ihm

Karlmarx
Gesicht zur Wand
Und die Beine auseinander

Der Vetter
Was haben Sie vor

Karlmarx
Ich stelle hier die Fragen

Der Vetter
Sie halten den Lauf viel zu tief

Karlmarx
Was, was haben Sie gesagt

Hänselundgretel
Das Gewehr, Papa, du hältst es zu niedrig

Karlmarx
Ja, es gehört meiner Frau
Ich kenne mich mit den Dingern nicht aus

Der Vetter
Vorsicht

Karlmarx
Sie meinen, es könnte wirklich losgehen

Der Vetter
Wenn es geladen ist

Karlmarx
Woher soll ich denn wissen, ob es geladen ist
Ich hab es noch nie ausprobiert, ich bin gegen Gewalt
Im allgemeinen

Hänselundgretel
Du mußt es entsichern, Papa
Sonst funktioniert der Abzug nicht

Karlmarx
Also, wenn ihr sowieso alles besser wißt
Dann versteh ich nicht, wozu ihr mich noch braucht
Dann macht euern Scheiß doch alleine

Der Vetter
Achtung

Hänselundgretel
Hilfe

Der Vetter
Ruhig halten, nicht zucken, zucken Sie nicht

Karlmarx
Ich zucke nicht
Ich käme gar nicht auf die Idee zu zucken
Sie machen mich ganz nervös

Der Vetter
Nein, nicht nervös werden
Ruhig bleiben, schön ruhig

Hänselundgretel
An Ihrer Stelle hätt ich schon längst in die Hosen gemacht

Karlmarx
Also, daß das wirklich so gefährlich ist
Wer hätte das gedacht

Der Vetter
Bitte, ich bitte Sie
Geben Sie mir das Gewehr
Ich bin vom Land, ich hab sowas schon öfter gemacht

Karlmarx
Tja, da staunt der Fachmann und der Laie wundert sich

Karlmarx *gibt dem Vetter das Gewehr.*

Hänselundgretel
Aber Papa

Karlmarx
So, das hätten wir
Und jetzt sehen Sie zu, daß Sie wegkommen
Wir haben uns nie gekannt und werden uns
Auch in Zukunft nicht kennen
Den Schießprügel können Sie übrigens mitnehmen
Angesichts des momentanen Zustands meiner Frau
An dem Sie nicht ganz unschuldig sind
Möchte ich sowas nicht im Haus haben
Wenn die Meinhof unbedingt Amok laufen will
Dann ist das ihre Sache
Aber, bitteschön, ohne Waffen

Der Vetter
Ich wollte, wie gesagt, nur Ihre Toilette benutzen

Karlmarx
Sie bleiben bei Ihrer Aussage, wie
Auch wenn es schon an Stumpfsinn grenzt
Naja, was soll's, hauen Sie ab

Hänselundgretel
Aber, Papa, er hat sein Eheversprechen gebrochen
Er muß bestraft werden

Karlmarx
Allein für die Tatsache, daß du überhaupt
An die Ehe glaubst

Müßte ich eigentlich bestraft werden
Ich als Erziehungsberechtigter
Die Ehe ist eine Zwangsgemeinschaft
Bürgerlich-ideologischer Herkunft
Mit ihrer Verpflichtung zur Monogamie
Isoliert sie das Individuum vom Kollektiv
Mit ihrer Verpflichtung auf Dauer
Unterdrückt sie den Sexualtrieb
Die Ehe ist ein Instrument der Repression
Wie oft soll ich dir das noch sagen

HÄNSELUNDGRETEL
Aber Muttermeinhof und du
Ihr habt doch auch geheiratet

KARLMARX
Das war etwas völlig anderes
Das war, um eine bürgerliche Existenz vorzutäuschen
Wir haben uns das Ja-Wort gegeben in der Absicht
Die Einrichtung der Ehe gleichsam von innen auszuhöhlen
Es war von vornherein eine Heirat mit gekreuzten Fingern
Eine Tarnehe mit Als-ob-Status
Gewollt haben wir etwas ganz anderes

HÄNSELUNDGRETEL
Ich will aber richtig heiraten

KARLMARX
Hänselundgretel
Ich sag's dir im Guten
Du redest dir da was ein
Du bist ein Opfer von Gedankenmanipulation
Schau, ich will es dir nochmal ganz einfach erklären
Es war einmal eine Zeit, wo Mann und Frau
Glücklich zusammenlebten
Und kein Mensch ans Heiraten dachte

Da kam ein Pope vorbei und sagte sich
›Die Menschen sind glücklich und freuen sich des Lebens
Ohne den Segen der Kirche? Ich will ihnen
Den Sex verbieten
Zwei Menschen sollen künftig nur den Sex haben
Wenn die Kirche sie vereinigt hat‹
So geschah es denn auch
Der Sex vor der Ehe ward verboten
Und auf einmal wollten alle Leute heiraten
Das heißt, sie wollten eigentlich den Sex
Aber da sie ohne Heirat den Sex nicht haben durften
Dachten sie, nichts sei schöner als heiraten
Ein schrecklicher Irrtum

HÄNSELUNDGRETEL
Ich bin gar nicht gegen Sex vor der Ehe
Ich will einfach nur heiraten

KARLMARX
Aber, aber
Aber wenn man den Sex vor der Ehe zuläßt
Verliert der Ehewunsch jede Berechtigung

HÄNSELUNDGRETEL
Den Sex, den Sex
Wie du das aussprichst
Welchen Sex meinst du denn
Wo gibt es denn ›den Sex‹
Ich würde ihn ja gerne mal kennenlernen

KARLMARX
Also jetzt reicht's mir aber
Wo ist er denn eigentlich

HÄNSELUNDGRETEL
Der Sex

Karlmarx
Der Vetter

Der Vetter *ist auf der Toilette verschwunden.*

Karlmarx
Herr Vetter
Das heißt, wir alle wissen ja jetzt
Daß Sie gar nicht unser Vetter sind
Ich möchte Sie aber trotzdem bitten
Daß alles, was Sie bislang gehört haben
Unter uns bleibt, sozusagen in der Familie
Herr Vetter, hören Sie mich
Ich meine, ich sage Ihnen ja nichts Neues
Ein jeder hat mit seinen Kindern so seine liebe Müh'
Aber es tut schon weh, wenn man
Nach zwanzig Jahren aufgeklärter Erziehung
Nach Toleranz, Geduld und Offenheit
Nachdem man sie aufgezogen hat
In freiheitlich-alternativem Bewußtsein
Wenn man dann solche Rückschläge erlebt wie
›Ich will heiraten‹
Das schmerzt, glauben Sie mir
Man glaubt es nicht
Dieses Kind ist zu einer Walldorfschule gegangen
Zu einer mündigen und kreativen Persönlichkeit gereift
Und jetzt: ›Ich will heiraten‹
Jetzt klammert es sich an die Ehe
Wie ein Ertrinkender an einen Strohhalm
Als wüßte sie es nicht besser
Das tut so weh
Herr Vetter
Ich weiß nicht, ob Sie mich verstehen
Aber kommt es Ihnen nicht auch manchmal so vor
Als würden die Kinder fortschrittlicher Eltern
Gerade die

Schon allein aus Trotz
Das Rad der Geschichte zurückdrehen wollen
Ja, möglicherweise ist es dieser
Dieser Trotz
Der die jüngere Generation
Jeden Schritt zurückgehen macht
Den die ältere Generation vorwärts gemacht hat
Die Menschheit tritt auf der Stelle, Herr Vetter
Die Zukunft wird ein Rückfall
Die Jugend wiederholt die Vergangenheit
Ich sage das nicht ohne eine gewisse Anspielung
Auf die Vorfälle der letzten Zeit
Wie dem auch sei
Herr Vetter, Sie müssen mir versprechen
Nichts von alldem weiterzuerzählen
Was immer Sie darüber denken
Ich habe schließlich einen Ruf zu verlieren
Ich habe hart an meiner Progressivität gearbeitet
Ich möchte nicht, daß mein guter Name
Den alles rechts von der SPD fürchtet
Daß dieser Name in den Schmutz gezogen wird
Wir haben uns verstanden, Herr Vetter
Herr Vetter, Sie sind doch da drin
Geben Sie mir die Hand drauf, Herr Vetter
Herr Vetter, aufmachen
Ich weiß, daß Sie da drin sind
Jetzt machen Sie in Gottes Namen die Tür auf
Oder ich schlage sie ein
Es ist mir ernst, Herr Vetter
Ich habe Sie gewarnt

*Als* KARLMARX *gewaltsam in die Toilette eindringt, ertönt ein markerschütternder Schuß.* DER VETTER *kommt mit halb heruntergelassenen Hosen wieder ins Blickfeld,* KARLMARX *mit einem Bauchschuß, an dem er ohne viel Aufhebens stirbt.*

## 10. Auftritt

*Die Vorigen. Und* Karlmarx, *die Leiche.*

Hänselundgretel
Papa

Der Vetter
Es war Notwehr
Ich war vollkommen wehrlos
Ich war aufm Klo, ich
Was hätt ich denn tun sollen
Ich war nackt
Er ist auf mich losgegangen
Es war Notdurft, Notwehr, Notgewehr, Gegenwehr
Ich mußte scheißen, schießen, scheißen, schießen
Ich konnte nicht anders
Ich saß fest

Hänselundgretel
Papa
Warum sagst du nichts, Papa

Der Vetter
Wenn ich aufm Klo bin, bin ich das Klo
Wer das Klo angreift, auf dem ich sitze, greift mich an
Auf einem Klo, das von mir besetzt ist
Hat keiner was zu suchen, keiner
Ab dem Moment, wenn ich die Hosen herunter lasse
Ist das Klo meine Intimsphäre
Auf meine Intimsphäre laß ich nichts kommen
Und damit basta

Hänselundgretel
Sag, kannst du atmen, Papa

Der Vetter
Das war eine Angst
Das war eine Angst, in der ich dagesessen bin
Ich bin noch nie so in der Angst gesessen
Und wie die Bedrohung näherkam
Die Bedrohung kam immer näher
Ich konnt doch nicht gehen und nicht stehen
So bin ich dagesessen in der Angst
Da hab ich mich ans Gewehr geklammert
Und er hatte tatsächlich durchgeladen, der Depp
Das müssen Sie mir glauben

Hänselundgretel
Gehen Sie, gehen Sie, gehen Sie
Mein Papa hat das Leben aufgehört
Was wollen Sie noch hier
Was wollen Sie denn noch

Der Vetter
Ich hab das nicht gewollt
Gar nichts hab ich gewollt
Ich wollte nur Ihre Toilette benutzen
Das war das einzige, was ich wollte

Hänselundgretel
Gehen Sie endlich, gehen Sie doch
Ich will jetzt mit Papa allein sein

Der Vetter
Wirklich, ich wollte wirklich nur
Das müssen Sie mir glauben
Ihre Toilette benutzen
Nur Ihre Toilette benutzen

Der Vetter *ist schon in der Tür, als er das sagt.*
Faustersterteil *kommt herein.*

## 11. Auftritt

FAUSTERSTERTEIL. HÄNSELUNDGRETEL. KARLMARX *als corpus.*

FAUSTERSTERTEIL
Toilette benutzen, Toilette benutzen
Ich hör immer nur Toilette benutzen
Jetzt bin ich dran

FAUSTERSTERTEIL *zieht sich eine Gasmaske über und öffnet den Verschluß einer Flasche mit Giftgas. Das alles muß sehr schnell gehen. In einem balleteusen Tanz verteilt er das Giftgas im Raum.*

FAUSTERSTERTEIL
Weg da, Hänselundgretel
Das hier geht nur Karlmarx und mich was an
Na, damit hättest du nicht gerechnet
Du wolltest mich zum Vatermörderfeigling machen
So wie du einer gewesen bist
Aber da hast du mich unterschätzt
Ich kann dir keinen Arm brechen
Ich könnte dir nicht ins Gesicht schlagen
Oder deinen Körper verstümmeln
Deinen Scheiß-Chef-Körper
Deinen beschissenen Respektspersonen-Leib
Und jetzt komm mir nicht mit Freundschaft
Wir waren nie Freunde, nur Lehrer und Schüler
Du immer Lehrer und ich immer Schüler
Und selbst in meinem Aufstand
Kanntest du dich besser aus
Du wußtest besser über meine Rebellion Bescheid als ich
Du warst der Lehrer
Sogar in meinem Protest gegen die Lehrer
Deinem Scheißlehrkörper kann ich kein Haar krümmen

Dafür hast du schon gesorgt
Dein Lehrkörper ist heilig, ja und amen
Doch das Gas läßt deinen Körper heil
Und tötet dich trotzdem
Hau ab, Hänselundgretel, das ist nichts für dich

HÄNSELUNDGRETEL
Faustersterteil

FAUSTERSTERTEIL
Halt die Schnauze, ich bin dran
Jetzt gehört der Papa mir
Du findest das feige
Sag ruhig, daß du es feige findest
Sag, ein Vatermörderfeigling bleibt ein Vatermörderfeigling
Wenn er den Vater feige mordet
Aber das ist doch deine Lehre
Deine Lehre ist die Feigheit
Deine Lehre ist das Feige-Sein
Ich bin dein Schüler
Ich habe meine Lektion gelernt
Und jetzt mache ich meinen Abschluß
Meinen Doktor med
Den Doktor unversehrter Leichen

HÄNSELUNDGRETEL
Papa ist tot

FAUSTERSTERTEIL
Schon

HÄNSELUNDGRETEL
Sein Bauch ist kaputt
Der Vetter hat ihm den Bauch zerstört

Faustersterteil *beugt sich über* Karlmarx, *reißt dessen Hemd auf und schaut hinein.*

Faustersterteil
Aber das geht doch nicht
Der Lehrkörper muß heil bleiben
Ist nicht aus Fleisch und Blut
Respektspersonen-Leib
Muß unversehrt sein

Faustersterteil *reißt sich die Gasmaske vom Gesicht und kotzt.*

Hänselundgretel
Der arme Bauch
Ich hatte ihn fast soweit
Er wollte sich schon runden
Die Wölbungen im Ansatz
Und viele süße Röllchen
Wenn Papa sich über ihn beugte
Über den kleinen
Den Baby-Bauch
Was habe ich ihn gepäppelt
Damit er groß und stark wird
Und wie klein und zart ist er geblieben
Dieser Bauch, bis ich ihn soweit hatte
War wirklich eine schwere Geburt
Jetzt ist er tot.

Faustersterteil *stürzt kotzend aus dem Raum.*

**12. Auftritt**

HÄNSELUNDGRETEL. *Die Leiche* KARLMARX. *Und das Gas.*

HÄNSELUNDGRETEL
Tschüß, Bauch

*Sie streichelt ein letztes Mal den Vaterleib. Dann befühlt sie sich, pumpt ihren Bauch zu einem Ball auf, beinahe wie eine Schwangere. Sie lächelt von fern her.*

HÄNSELUNDGRETEL
Hallo Bauch

*Das Gas hat den ganzen Raum erfüllt.*
*Dunkel.*

ENDE.

Satz und Druck: Druckerei Carstens, Schneverdingen
Einband: Buchbinderei Schirmer und Söhne, Erfurt
2. Auflage, Gifkendorf 2000
Im 43. Jahr des Merlin Verlages
ISBN 3-926112-84-0